www.ingramcontent.com/pod-product-compliance
Lightning Source LLC
LaVergne TN
LVHW090537110826
845146LV00003B/1151

ليس ذنبي

حكاية سرية لامرأة إماراتية

بقلم:

ميرا راشد

ترجمتها إلى العربية:

تغريد فياض

ليس ذنبي

الكاتبة: ميرا راشد

الطبعة الأولى 2024

دار سيل للنشر
دبي – الإمارات العربية المتحدة

يستخدم هذا الكتاب خطًا وتنسيقا يساعدان على تسهيل تجربة القراءة لمن يعانون من عسر القراءة، نحو تجربة قرائية شاملة.

التصنيف العمري: +18

تم تصنيف وتحديد الفئة العمرية التي تلائم محتوى الكتب وفقا لنظام التصنيف العمري الصادر عن المجلس الوطني للإعلام في دولة الإمارات العربية المتحدة.

رقم إذن الطباعة من مجلس الإعلام الوطني في دولة الإمارات العربية المتحدة.
MC-02-01-3968204

ISBN: 979-8-9893775-8-9

Email: info@SailPublishing.com
Facebook: facebook.com/SailPublishing
Instagram: @SailPublishing
Twitter: @SailPublishing

إهـــداء

أهدي هذا الكتاب لأطفالي
النور الذي أضاء حياتي، الذي ألهمني لأروي
الحكايات المهمة

مقدمة

أهدي هذا الكتاب لكل امرأة تجد نفسها مقيدة بشبكة العادات، والتقاليد المعقدة، والدين، والمجتمع. فهو شهادة حقيقية على قوة المرأة ومرونتها في المرور بسلام من بين ألغام تقاطعات تلك القضايا الشائكة وتأثيراتها. سيعيش القراء داخل صفحات هذا الكتاب مع حكايات مؤثرة متقاطعة مع التجارب الشخصية للكثير من النساء. فالكتاب يتعمق بالتحديات والانتصارات لأولئك الذين واجهوا المعايير التقليدية ونظم مجتمعاتهم، والعقائد الدينية فيها، والتي غالباً ما تحد من فرصهم في الحياة ومن استقلاليتهم.

تمنح الحكايات المكتوبة ما بين دفتي هذا الكتاب، وفي ثنايا فصوله، الإلهام وتقوي فرص التمكين، وتشعر القراء بمن يتضامن معهم ومع قصصهم.

يوفر هذا الكتاب منصة للنساء لرؤية أنفسهن، في انعكاس لكفاح وانتصارات الآخرين الذين تجرأوا على تحدي الوضع الراهن الذي يعانون منه. كما أنه يدعو القراء للشروع في رحلة لاكتشاف الذات، وصقل الطريق نحو الحرية الأعظم، والقوة والاكتفاء. وهو يقر بأن القيود الخانقة التي يضعها المجتمع والدين والتقاليد، ليست في الواقع معوقات لا يمكن تخطيها، بل هي فرص للتطور والتحول والنمو.

وبشكل أعمق فإن هذا الكتاب هو منارة أمل للنساء اللواتي يبحثن عن الإلهام والقوة لكسر تلك القيود، والتحرر منها. وهو يشجعهن على التعرف على نقاط القوة الحقيقية لديهن، وملاحقة أحلامهن لتحقيقها، بالإضافة إلى المساهمة في بناء عالم عادل وشامل. وهو شهادة على روح المرأة التي لا يمكن قهرها، والتي ترفض أن تكون محدودة بتوقعات ومطالب الآخرين منها. وبذلك فإن هذا الكتاب يمهد الطريق لمستقبل أكثر إشراقا وتحررًا.

المحتويات

الفصل الأول

الطفولة الجميلة
سكر، توابل، وكل شيء جميل

ولـدت فـي دبـي فـي عـام 1977، لأسـرة محافظـة تقـدس التقاليـد بـكل تعقيداتهـا. كان أبـي وأمـي مـن بيئتيـن مختلفتيـن تمامـاً، فلقـد كان والـدي عربياً، ووالدتي إيرانية الأصل، رغم أنها ولدت في الإمارات.

وهكذا كبرت وأنا أحمل بداخلي أفضل ما في الثقافتين العربية والفارسية.

حسب الترتيب العائلي، كنت الطفلة الثانية في الأسرة، والبنت الكبرى لها. كان أخي الأكبر هو الطفل الأول في العائلة، والذي كان يكبرني بإحدى عشر عاماً، أما أخواتي الأصغر، وكن بنات، فكن يصغرنني بعامين لأربع أعوام.

بالرغم من أننا كنا بنات، في عائلة مسلمة محافظة، فإن والداي أعطيانا كل الاهتمام والمحبة، وتربينا على الحياة بحرية عادية كأي إنسان، مع التشديد على الاهتمام بالتعليم بشكل جدي، وبناء مستقبل مهني. وكنا نحصل على ما نريد، في الوقت الذي نطلبه، مادام كان له تبريره الخاص.

لقد كنت قرة عين والدي، وابنته المفضلة، وكان لي مكانة مميزة في قلبه. ومما زاد من قوة هذه العلاقة بيني وبين أبي، هو أنني كنت أحمل اسم والدته. ورغم أن والدي كان حنوناً ويحب جميع أبنائه بشدة، إلا أنني كنت أعلم أن مكانتي في قلبه خاصة جداً ومختلفة عن مكانة إخوتي.

لكن هذه العلاقة الخاصة بيني وبين وأبي، سببت الإحساس بالغيرة من قبل أخواتي، ولذلك كنّ دوماً يشكونني لأمي، وبأني أسبب لهن المشاكل، وأخترع قصصاً عنهن، ليجعلوها تغضب مني.

ولأن أبي كان محباً، عطوفاً وطيباً، فلم يكن ليخدع بمثل تلك الاتهامات الباطلة

كانت شخصية أمي قوية جداً وحادة، فلقد كانت امرأة تقليدية بكل معنى الكلمة، تتبع التقاليد كما هي، ولم تكن ترضى إلا بأن يُنفذ كلامها كما تريد هي فقط. شخصية أمي كانت على العكس تماماً من شخصية أبي الهادئة اللطيفة.

كنا جميعاً متعلقين عاطفياً بأبي، إلا أن أخي الأكبر كان المدلل لدى أمي، وكانت طلباته دوماً مجابة، مهما كانت أفعاله.

كانت الحياة في بيتنا جيدة وبسيطة، عدا بعض تلك المشاحنات بين أخواتي البنات. كنت أحب أخواتي وأحترمهن كثيراً، لذلك كنت أتسامح معهن في الاتهامات اللاتي كن يوجهنها لي زوراً. كنت أعلم أن وراء أفعالهن تلك الرغبة في الحصول على اهتمام أكبر من أبي، وبالإضافة لذلك فلقد كنت الابنة المفضلة في عائلتنا، حتى من أقاربنا، والجيران، ومن أصدقاء العائلة. كنت شخصية انطوائية، استوعب الآخرين، وأوافقهم على قراراتهم حتى لو لم تعجبني، وأدعمهم فيها. كما أنني لم أعارض أهلي أبداً في أي قرار، ولم أناقشهم فيما كانوا يريدون.

لقد منحنا أهلي أفضل حياة كانوا قادرين على توفيرها لنا، كما أن أبي كان يهتم بشكل كبير بالتعليم، ويعتبره أفضل استثمار لمستقبل أفضل لأبنائه، كي يستطيعون الحصول على مستقبل مهني عالٍ يؤمن لهم حياتهم ومستقبلهم.

التنافس بين الأخوة كان شيئا شائعاً في أي منزل، والذي كان يحدث في منزلنا لم يكن استثناءً. أذكر أنني كنت أحاول أحياناً أن أسعد أخواتي بأن أسمح لهن بفعل بعض الأشياء الصغيرة التي لم يكن من المفترض عليهن فعلها، لكن الأمور كانت دوماً تنقلب علي، وأصبح الملامة على أي تصرف خاطئ قمن به. فهن كن يسرعن لأمي ليخبرنها أنني السبب في أي تصرف سيء قمن به، سواء إن أكلن ما لا يجب عليهن أكله، أو وضعن بعض مساحيق التجميل.

كانت مثل تلك الأمور تزعجني كثيراً، لكن مع مرور الوقت تعلمت أن آخذها بوجهة نظر فكاهية، وتأقلمت معها، مع أنني كنت أتلقى العقاب من أمي في كل مرة.

بالرغم من تلك المناوشات الصغيرة، فإن المحبة والدعم العاطفي، كانا هما الأساس في عائلتنا دائماً، مما كان يدعم المحبة بين الأخوة بالطبع.

كنت أعتبر نفسي بالنسبة لهن صورة عن الأم التي تحب وتدعم وتهتم بسعادة أطفالها دائماً، وليس مجرد الأخت الكبرى.

أما بالنسبة لأخي، والذي كان يكبرني بإحدى عشر عاماً، فلقد حظى بمجموعته الخاصة من الأصدقاء والأقارب، وكانت له طريقة مختلفة عنا في الحياة، من ممارسة الرياضة، للسفر والدراسة في الخارج، لذلك لم نكن نلتقي به إلا على مائدة الطعام، أو في الاجتماعات العائلية. ومع ذلك فلقد كان أخاً محباً نستطيع اللجوء إليه متى ما احتجنا إلى أي مساعدة أو دعم.

أمي كانت ربة منزل ماهرة، تحب الطبخ وتنظيف المنزل وتنظيمه، وتفخر بذلك، وحتى مع وجود الخدم من حولها، فهي كانت تصر على أن تشرف بنفسها للتأكد من كل تفاصيل النظافة والنظام في المنزل. كان ذلك روتينها اليومي، وكانت تريدنا أن نتبع نفس طريقتها في التعامل مع أمور المنزل.

كربة منزل، لم يكن لأمي الكثير من الصديقات، بل دائرة مصغرة من ثلاث صديقات، إحداهن ابنة عمها. كن يجتمعن عدة مرات في الأسبوع، بعد الساعة الرابعة عصراً. ويبدأن بالنميمة وبتبادل الأخبار والشائعات عن مختلف الأشخاص في المجتمع المقرب منهن.

كانت حياة أمي بسيطة وتقليدية، وكانت تلك اللقاءات مع صديقاتها المقربات إحدى وسائل الترفيه لديها.

أما بالنسبة لأبي، فلقد اعتاد أن يخرج من المنزل كل يوم بعد الساعة الرابعة عصراً، لحضور بعض اجتماعات العمل، أو للقاء أصدقائه، لكنه كان يحرص دوماً على العودة للمنزل وقت العشاء. وكان هذا هو روتينه اليومي، ما عدا في عطلة نهاية الأسبوع التي كان يكرسها بالكامل للبقاء مع العائلة.

رأيت في عدة أحيان، نقاشات حادة وخلافات بين أبي وأمي، وكطفلة صغيرة وقتها، لم أكن أستوعب سبب هذه الحدة والخلافات، لكنني أدركت بعد أن كبرت قليلاً أن تلك المشاكل بينهما لم تكن شخصية، بل كانت بسببنا نحن، حياتنا، وتعليمنا، ومستقبلنا. كانت لديهما آراء ووجهات نظر مختلفة بالنسبة لحياتنا، لكن بالطبع كان كلاهما يحرصان على سعادتنا ورفاهيتنا.

لقد كنت ذكية، لامعة، وتلميذة بارعة منذ طفولتي، وكنت دوماً أحصل على أعلى الدرجات. كنت أحلم بدراسة الحقوق أو علم الجريمة، وأطمح أن أحصل على مهنة متميزة في ذلك المجال. لكن أمي رفضت ذلك بشدة، ولذلك درست الإدارة المالية، ورغم أنني لم أكن شغوفة بهذا المجال، إلا أنني نجحت وتفوقت فيه، وبنيت مستقبلاً ناجحاً فيه.

أدركت لاحقاً، أن اختيار أمي لمهنتي، ورؤيتها للمستقبل كان قراراً مناسباً جداً لي وأنه قد صنع مني كل ما أنا عليه الآن من نجاح وتميز.

خلال أيام الدراسة، كانت لي بعض الصديقات المقربات، وكنت أزورهن، وأستقبلهن في منزلي بين الحين والآخر، وكن يبحثن عن نصيحتي في شئونهن الخاصة، بما أنهن كن يثقن بي، ويعتبرنني الفتاة الحكيمة في المجموعة، كنت قد أصبحت كاتمة أسرارهن، ومصدر الثقة لديهن، وهذا كان مصدر فخر لي. وأنا كنت ثابتة وراسخة في مبادئي الخاصة المتعلقة بعدم الانخراط في أي علاقات، وحتى وإن كنت أرى كيف أن صديقاتي يدخلن في تجارب عاطفية وغرامية، لأنني كنت قد حددت طريقي، ولم أرغب في أن أحيد عنه.

في عمر السابعة عشر، أنهيت المرحلة الثانوية بنجاح وحصلت على علامات مميزة. لهذا فقد قرر والدي إرسالي إلى المملكة المتحدة

لمواصلة دراستي العليا، كما فعلوا من قبل مع أخي، ومن ثم لاحقاً مع أخواتي.

كانت الحياة بسيطة وسهلة، ومليئة بالحب. كانت كل اهتماماتي تنحصر بالعائلة والدراسة، وصديقاتي، ولم تكن لدي حاجة بأن أهتم بأي شيء آخر. لقد كانت فترة البراءة والفرح، والعلاقات التي سوف تشكل مستقبلي وحياتي لاحقاً.

أحياناً ما أحس بالحنين، لتلك الفترة من حياتي، ولانسيابيتها، وأتمنى لو أنني كنت لا أزال تلك الطفلة مدللة أبيها، وملاكه المفضل، بعيدة عن كل القلق والمخاوف، ولكنني أعرف أن العودة إليها هو مجرد حلم، وأنا سعيدة وممتنة لأنني استطعت المرور بمثل تلك الفترة في حياتي.

الفصل الثاني

قفزة إلى المجهول

كنت مجرد فتاة في الثامنة عشر، مليئة بالأمل والإحساس بالإثارة حين أنهيت دراستي الثانوية، وبمجموع عالٍ. لقد كانت لحظة فخر ومجد بالنسبة لي ولعائلتي، لكن جاء معها قرار صعب شكّل لاحقاً مستقبل حياتي. لقد قررت الأسرة أن ترسلني إلى المملكة المتحدة لمتابعة دراستي العليا هناك، ومع صعوبة هذا القرار علي وعليهم، كنا نعرف جيداً أن هذه فرصة لي ولمستقبلي ولا يجب أن أفوتها.

جاء يوم سفري، وكنت في قمة القلق والتوتر، والترقب لما سوف يأتي. داهمتني مشاعر مختلطة بينما كنت أجهز أغراضي وأستعد لأن أترك ورائي

كل شيء كنت قد عرفته من قبل. لم أغادر البيت من قبل مطلقاً، فكيف بي الآن وسأعيش بعيدة عنه. غمرتني الأفكار والأسئلة من نوعية؛ كيف سأدير حياتي بنفسي وأنا لم أفعل ذلك من قبل؟ كيف سأهتم بمواضيع الطبخ والتنظيف والغسيل؟ أنا لم أفكر بهذه المواضيع من قبل لأنني كنت فتاة مدللة، لا تهتم سوى بحياتها الدراسية.

لكن في دوامة الحيرة تلك التي غمرتني، وجدت والداي يقدمان لي المساندة المعنوية والنفسية، ويشجعانني لكي استرد ثقتي بنفسي، ويؤكدان لي ثقتهما بأنني قادرة على الاهتمام بنفسي وإدارة شؤوني حتى لو كنت لوحدي في الغربة. ثقتهما ودعمهما الكبير لي أعطتني الشجاعة واستعدت ثقتي بنفسي، والتي كنت أحتاجها كثيراً لأمضي في طريقي لبناء مستقبلي، مدركة أنهما سيكونان بجانبي عندما أحتاج إليهما، حتى ولو روحياً.

جاء يوم الرحيل، ودعت أهلي والدموع تتسابق على وجهي وتغطيه. كانت لحظة مؤثرة جداً، ومثيرة للمشاعر، مليئة بالإثارة والخوف معاً. لقد كنت أغادر الأمان والراحة في حضن عائلتي، لأقفز إلى المجهول، إلى عالم غير مألوف لدي. لكنني لم أعلم يومها، بأن هذه الرحلة تحمل لي الكثير من الآمال والاحتمالات الواعدة لي والتي لم أكن أتوقعها أبداً، وكل ذلك كان جزءاً من الخطة التي رسمها الله لي.

عندما وصلت إلى المملكة المتحدة، كان أخي الأكبر بانتظاري في المطار، وذهبنا بعدها إلى الفندق مباشرة، فلقد كان أخي يدرس في مدينة أخرى، لكنه جاء ليستقبلني، وليتأكد أن كل شيء يسير معي بشكل جيد.

طوال الطريق كان أخي يخبرني بالذي يجب علي أن أفعله، والذي يجب علي الامتناع عن فعله هنا. كان ينصحني بأن أركز على دراستي فقط، وبأن لا أضيع هذه الفرصة الجيدة هنا لبناء نفسي ومستقبلي.

في الأيام التالية، استطعنا أن نجد شقة مريحة وقريبة من الجامعة، فأنا كنت ضد الإقامة في السكن الجامعي، لأنني فضلت الحصول على الاستقلال والحرية، التي لن أحصل عليها لو أقمت في السكن الجامعي.

وبمساعدة أخي وبنصائحه القيمة، استطعت تأثيث المنزل، وشراء كل المطلوب لجعله بيتاً متكاملاً. لقد أراني بطريقته كيف أستطيع أن أعيش باستقلال، كما ساعدني للتعرف على نظام النقل العام، وكيف أستقل المترو أو الباص، كانت هذه جميعها خبرات جديدة علي. لقد كان أخي يعطيني كل تلك الخبرات بصبر وتأن مما زود ثقتي بنفسي. وكل ما تجولنا أكثر في المدينة، زاد حماسي وفضولي لتخمين ما الذي ينتظرني في هذا المكان الجديد.

حان وقت رحيل أخي، صدمني الواقع هنا، وبدأت أتساءل عن صحة القرار الذي اتخذته بالمجيء إلى بلد غريب عني، وأحسست بالغربة مجدداً، وبالحنين إلى أهلي وبلدي. بدأت بالبكاء عندما أحسست بثقل المسئولية الملقاة على عاتقي من العناية بكل أمور حياتي بشكل مستقل. في تلك اللحظات أحسست بالضعف، وبأنني يجب أن أعود إلى دبي، إلى حياتي المريحة المعتادة المألوفة.

فجأة وأنا في خضم تلك الفوضى التي غمرتني، تذكرت أبَوي وتخيلتهما يكلمانني، ويذكراني بثقتهما الكبيرة بي وبقدرتي على تخطي الصعاب، والاعتماد على نفسي رغم كل التحديات، وتذكرت تضحياتهما ليوصلانني إلى ما وصلت إليه حتى الآن. لقد وضعا ثقتهما بي، ولن أخذلهما مهما حدث.

مسحت دموعي بعد ذلك، واستعدت قوتي وتصميمي، ووقتها قررت أنني سأستمر في الرحلة إلى آخرها.

كنت اعلم أن ذلك لن يكون سهلاً، لكنني كنت مصممة على قبول التحدي، وإثبات ذاتي. أخذت نفساً عميقاً، وذكرت نفسي بالسبب الذي جعلني أقبل بالشروع بمثل هذه المغامرة.

كان الهدف واضحاً، وهو أن أتابع دراستي العليا، أن أفتح أمامي أفقاً أكبر، وأن أشكل مستقبلي بشكل واعد.

عندما بدأت الدراسة، قابلت طلاباً من خلفيات متباينة تماماً، وكل منهم له حكايته الخاصة وأحلامه الكبيرة. لقد جعلتني تلك اللقاءات أحس بالاطمئنان، والعزاء بأن هناك أناساً مثلي يعيشون نفس صعوبة التجربة، وأدركت عندها أن الأمور بدت أفضل مما كانت عليه، وأكثر إشراقاً.

لقد بدأت مرحلة النضج في حياتي بالخوف والريبة، ولكن جاءت معها دروس قيمة لا تقدر بثمن. تعلمت بأن الطريقة الوحيدة لكي أنضج وأكبر هي أن أخرج من منطقة الأمان الخاصة بي. اكتشفت نقاط القوة بداخلي، والتي لم أكن أظن أبداً أنها موجودة، والأهم أنني بدأت أتفهم تضحيات أبَوي لتأمين مستقبل أفضل بالنسبة لي. لقد بدأت الرحلة، وكنت مستعدة لمواجهة كل التحديات التي قد تواجهني للوصول إلى الانتصارات التي تنتظرني، متسلحة بمحبة ودعم أهلي.

الفصل الثالث

زوبعة رومانسية

بـدأت الحيـاة فـي المملكـة المتحـدة تأخـذ شـكلها الطبيعـي، وبـدأت أنـا تدريجيـاً بالاسـتقرار على روتيـن ثابـت، مـن الدراسـة، لاكتشـاف المدينـة، للتعـرف على أشـخاص جـدد. لاحظـت وجـود العديـد مـن الـطلاب مـن الشـرق الأوسـط، أي من ذات خلفيتي الثقافية، يسكنون في نفس المبنى الذي أعيش فيه.

تـرددت فـي البدايـة بالتعـرف إليهـم، لاعتقـادي بأننـي يجـب أن أحافـظ على استقلاليتي، وأن أهتم بدراستي فقط. ولكن كان للقدر اختيار آخر لي.

خلال عطلات نهاية الأسبوع، وأثناء أوقات فراغي، بدأت بالتعرف على بعض الفتيات من السعودية، الكويت، والإمارات، وبعض الطلاب الآخرين الذين أتوا من الخارج ليدرسوا في الجامعة. كانت تجمعنا الخلفيات الثقافية المشتركة، التجارب المتشابهة، والإحساس بالإثارة لوجودنا في بلد بعيد عن بلداننا الأصلية.

لقد أعطتني تلك الصداقات الجديدة إحساساً بالانتماء، وهونت علي وجودي في مكان غريب غير مألوف لا أنتمي له. لكن كان هناك شخص بالتحديد، يريد أن يتعرف إلي بشكل أكبر، كان رجلاً من بلدي، من دبي. كانت عيناه تلاحقانني أينما ذهبت، أما طريقة تحديقه إلي فكانت تخترق كل الحواجز التي كنت أقمتها حول قلبي.

في البداية، منعته من الدخول معي في أي محادثة، معتبرة أن وجوده هو تدخل غير مرغوب فيه لدي. لكنه رفض طريقتي في التعامل معه، وأصر على الاستمرار في تصرفاته نحوي.

كنت أراه أمامي فجأة بدون أي سابق موعد، دوماً حتى لو لم أتوقع وجوده، ويبدأ بمنتهى السهولة بفتح أحاديث معي بشكل خبيث. كان كأنه درس وفهم بواطن روتيني اليومي، وفهم أين يستطيع أن يجدني، حينما يريد. أثر بي إصراره الشديد هذا، ولعب ولعه على وتر الشغف، وتراوح رد فعلي بين الإحساس بالضيق منه، إلى الفضول لمعرفة ما يريد.

في البداية، ضايقني إصراره هذا كثيراً، وتساءلت بريبة عن دوافعه من ملاحقتي هكذا، وكنت متشككة من نواياه. لكن لاحقاً، ومع مرور الأيام، تحطم تحفظي أمام إصراره اللامتناهي، وقد كان يمتلك سحراً لا يقاوم، وجاذبية كبيرة دفعتني نحوه، رغم حيطتي وحذري.

كنت شابة صغيرة، ليس لديها أي تجارب، رقيقة ومحتاجة للعاطفة والصحبة الجميلة، ويبدو أن هذا الإحساس وصله. لم أستطع المقاومة، وتهت في دوامة العواطف الجياشة التي غمرتني من كل جانب، وتحطمت أسوار القلعة التي كنت قد شيدتها حول قلبي، وسقطت كل جدران الحذر التي أحاطتني من قبل.

وكأنه كان هناك خيط خفي يربطنا معاً، حاكنا بخيوطه ووحدنا معاً في خفايا لوحة جميلة من الضحكات المتبادلة، النظرات الخاطفة المسروقة، والهمسات السرية.

ومع مرور الأيام توطدت علاقتنا بشدة، وكانت الخلفية الثقافية المشتركة وفهمنا المشترك للتحديات التي تواجهنا كشباب يبحر في خضم بحر الحياة، بعيداً عن بلده، هي العامل المشترك بيننا.

أصبح صديقي المقرب، الذي أستطيع الوثوق به، والصخرة التي ألتجئ إليها في كل العواصف التي تحيط بي في هذا الفصل الجديد من حياتي. بين ذراعيه وجدت العزاء والسلوى، الأمان، وحب يبدو أنه يقف ضد كل الظروف الصعبة.

لقد كانت زوبعة رومانسية، مليئة بلحظات الشغف، والنظرات الخاطفة المسروقة. قضينا ساعات وساعات لا يمكن حصرها معاً. نجوب المدينة يداً بيد، تائهين في عالمنا لصغير.

نسجنا أحلامنا وآمالنا للمستقبل معاً، وبدا أن لا شيء يستطيع أن يفرقنا، وينهي حبنا.

فاجأني ذات يوم بطلبه يدي للزواج بطريقة رومانسية جداً، وأحسست بأنني أطير من السعادة، فإن مجرد فكرة أنني سأقضي حياتي معه، غمرتني بالفرح والسرور، وكأنها رواية خيالية تتحقق.

كان لأهلي تحفظات على زواجي، وبأنني ما زلت صغيرة على تحمل مسؤوليات الحياة الزوجية، إلا أنهم أحبوا شخصيته، وأدركوا عمق علاقتنا. لقد تفهموا أن قلبي تعلق به، وأنني لن أتراجع عما أريد، مهما حاولوا.

كنت أعرف أن للحب طريقة تخفي عنا الحقائق وتعمي أعيننا، لكن وقتها كنت مستعدة لأن اقفز إلى المجهول من أجله. وبالطبع فإن موافقة أهلي على الزواج قد جلبت لي الراحة والطمأنينة، وأكدت عمق ارتباطي به.

لقد بدأنا برحلة، ستشكل لاحقاً كل مسار حياتنا. مرتبطين بحب متوهج، مشتعل في قلبينا. لم أدرك وقتها، أن الطريق الذي سنمشيه سوف يختبر قوة وصلابة هذا الحب، وبأنه سوف يدفعنا لكي نصطدم بتعقيدات الواقع وأمور الحياة، والتي تكون مختبئة أسفل غطاء الحب والافتتان.

لكني في تلك اللحظة، فرحت بوهج حبي الجديد، وعشت بهجة أن أكون مخطوبة للشخص الذي أسر قلبي.

الفصل الرابع

قلب أسير

بالنسبة لكل إنسان، الزواج هو عبارة عن اتحاد قلبين بالحب والصحبة، وملجأ أمين، حيث يجد كل منهما فيه العزاء والسلوى في حضن الآخر.

لكن كم كنت مسكينة، لأن زواجي أصبح شيئاً آخراً مختلفاً تماماً. فكلما عشت مع زوجي المزيد من الأيام والأسابيع والشهور، بدت حقيقته تتضح لي شيئاً فشيئاً.

إن الرجل الذي كنت أعتقد أنه فارسي النبيل بدرعه اللامع، تحول إلى شيء آخر، وظهرت حقيقته التي كان يخفيها، بعيداً جداً عن وهج الحب والحنان.

أصبحت الحياة معه معركة يومية، صراع مستمر، للحفاظ على إحساسي بوجودي، أمام طريقته الدائمة في السيطرة على كل الأمور، لقد كان يأمر بكل شيء يتم في حياتنا، من اختيار الطعام، لوقت وأماكن الخروج، بحيث لم يترك لي أي مجال للنقاش أو المساومة. كنت مجرد جندي من جنود لعبته، مجرد شيء يشكله حسب رغباته وأهوائه.

وسرعان ما تهاوت واجهة زواجنا السعيد، وتحطمت على صخرة الواقع، ليظهر الوجه الحقيقي القاسي لهذه العلاقة. بعد أقل من شهر من زواجنا اكتشفت خيانة زوجي لي، وكان الدليل على ذلك واضحاً جداً ولا يدع أي مجال للشك، اعترافه المؤلم بالخيانة. واجهته بمعرفتي بخيانته بعد أن استدعيت شجاعتي، على أمل أن يظهر ندمه على فعلته، أو حتى لمحة من الندم. كان رد فعله عنيفاً جداً صدمني. بدأ يشتمني بأبشع الصفات، وصفعني صفعة قوية على وجهي.

تخللت صدمة رد فعله العنيف في كياني وجسدي كله، الذي اهتز بعنف وألم شديد، وتحطمت آخر ذرة في قلبي من الثقة التي كنت أحملها فيه.

سرعان ما عرفت أنني حامل بطفلنا الأول، وبدلاً من الشعور بالسعادة لهذا الخبر الجميل، اقشعر جسدي بإحساس من الخوف وعدم الثقة مما سوف يأتي. كيف سأحمي هذا الطفل البريء من طريقة حياتنا السامة والفوضوية؟ راوغتني إجابة هذا السؤال، فأنا أسيرة لهذه الشبكة من الالتزامات والتوقعات الاجتماعية، لقد أجبرت أبَوي على قبول هذا الزواج، وكنت مقتنعة وقتها أنني أتخذ القرار الصحيح. وبسبب ذلك، لم يعد لي أي مهرب من هذا السجن الخانق الذي هو من صنع يدي أنا.

كانت فجوة فرق العمر بيننا والتي تصل إلى 12 عاماً، تعطيه كل القوة والسيطرة التي يحتاجها، ليدير هذه العلاقة بطريقته العنيفة تلك. وتساءلت مع نفسي، هل كان اختياري له كرمز لصورة الأب، التي أعطتني الانطباع الخاطئ بالأمان والحب الأبوي؟

لكن هذا لم يكن حباً أبداً، كانت علاقة مريضة متأرجحة بين السيطرة والخضوع، لعبة شرسة حطمتني وجعلتني أشتاق كثيراً لنفسي التي كانت قبل هذا.

أصبح واقعي هو العيش في خوف دائم يظلل حياتي وكل دقيقة فيها بغيمة سوداء، وكان يحكم سيطرة قبضته على حياتي، حتى خنق كل إحساس لي بالاستقلالية والاعتماد على النفس. كنت مجرد هيكل خارجي، مجرد انعكاس لرغباته ونزواته، أتبع أوامره بشكل أعمى.

تخرجت من الجامعة، بعد انتهاء دراستي، وعدت لبلدي لأبدأ حياتي المهنية. وأصبح المحيط المهني الملجأ الوحيد لي، والمساحة التي أهرب فيها مؤقتاً من العذاب الذي أعيشه في حياتي الشخصية. تفوقت في حياتي المهنية وتسلقت سلم النجاح بعزيمة وإصرار وثبات.

حزت على التقدير والاحترام الكبير من الأشخاص الذين يحيطون بي، انبهروا بصلابتي وبقوتي، وأصبحت منارتهم للإلهام. بالطبع لم يكونوا يعرفون العذاب الذي أعانيه في حياتي الشخصية. عشت حياة مزدوجة خلف الأبواب المغلقة، واستطعت بمهارة إخفاء الكدمات على قلبي، والجروح الدامية في روحي. أصبحت الإساءة والإذلال التي يمارسها زوجي علي، وهي عذابي اليومي، الحمل الثقيل الذي أحمله معي دوماً في صمت. كانت الدموع تنهمر مني كلما كنت لوحدي، وترتفع صلواتي في استرحام يائس، لقوة عليا ربما تمدني بالصلابة، القدرة على التحمل، والدليل للخلاص.

ومع ذلك، وبالرغم من كل الظلمة التي كانت تغلف حياتي، وجدت العزاء والسلوى في أطفالي، الذين أصبحوا هم منبعي للقوة والقدرة على التحمل، والحب والإخلاص. كانت ابتساماتهم البريئة، تذكرني يومياً بالإصرار الشرس الذي يشتعل في داخلي، لحمايتهم وتحمل هذه العلاقة الخانقة من أجلهم ومن أجل سعادتهم، مضحية بسعادتي واستقراري.

ومع مرور السنوات زادت إساءته لي، وأصبحت خيانته لي على مستويات أعلى، مما تركني ضعيفة محطمة، وأصبحت أستاذة في إخفاء الألم، وخبيرة في إظهار قناع القوة والصلابة أمام العالم الخارجي.

كان الناس يحملون لي التقدير والاحترام، دون أن يعلموا بالغليان الذي يدور في داخلي.

حتى عائلتي لم تكن تعلم بما أعانيه وبطبيعة وماهية زواجي، فلم أكن أتحمل أن أخبرهم، وأن أراهم يتحملون الألم لأجلي، فإن ذلك سوف يزيد من معاناتي. ولذلك أصبحت ممثلة ماهرة في إخفاء كل ما يدور من ألم ومعاناة، في داخلي، متحملة عبء الصدمة لوحدي، خلف الأبواب المغلقة.

لقد كان قراري بإدخاله إلى حياتي كزوج، خطأً فادحًا أحمق، سوء تقدير، وشبكة من الأخطاء اللامتناهية، والتي كانت تحاول أن تتسرب إلى روحي وتغلفها. لكن في نفس الوقت، كان هذا اختباراً لقوة تحملي وصلابتي، وقدرتي على تخطي المسالك الخادعة التي كان يحملها هذا الزواج التعسفي، حاملة عبء العالم كله على كتفي.

لكن في داخل أعماق روحي، كان هناك دوماً وميض من الأمل. كان هناك همسة تعدني بمستقبل يحطم أغلال الظلم الذي أعيشه، وبأن روحي سوف تحلق مرة أخرى.

الفصل الخامس

محاصرة في الظل

ازداد ثقل ظروفي مع مرور كل يوم، وأرهقت كثيراً من الضغط الذي كنت أعيش فيه للموازنة بين عملي وبيتي، بالإضافة لتحمل تبعات علاقتي الزوجية، مصدر العذاب الدائم لي. عانيت جسدياً ومرضت كثيراً. كنت مرهقة جداً جسدياً ونفسياً. وأصبت بالاكتئاب بشكل دائم، مما سلبني أي أمل بالخلاص.

كان أولادي هم حياتي، وسط كل تلك الظلمة الخانقة. وكانت ابتساماتهم البريئة وحبهم غير المشروط، الشيء الذي يعطيني القوة لتحمل كل معاناتي.

تعلقت بهم بكل قوتي، وكنت أعرف أنهم يحتاجون لقوتي وتماسكي لحمايتهم من حياة الفوضى التي يعيشونها. كنت أدعو الله وأتوسل إليه أن يعطيني القوة لأتحمل ولأجنب أطفالي كل المعاناة والفوضى التي تحيط بهم في حياتنا.

كانت واحدة من سيئات زوجي، هي شرب الكحول، وكان هو من علمني هذه العادة لغرض متعته هو لا متعتي. لقد أجبرني في عدة مرات، بعد عودتي من عملي مرهقة متعبة، وقد أكون احمل أحد أطفالي بين ذراعي، كان وقتها يجبرني على ترك الطفل والذهاب معه لغرفتنا لكي أجالسه وقت الشرب. لم يكن يهتم أبداً بتوسلاتي له لأنام، لأنني كنت منهارة من التعب ويغالبني النعاس، ويجبرني على السهر معه حتى ساعات الصباح الأولى، متحملة وجوده، حتى يصل لمرحلة الرضا التي يريدها، بعدها فقط استطيع الذهاب للنوم ولو لساعتين أو ثلاثة، لأنه علي الاستيقاظ الساعة السادسة صباحاً في اليوم التالي، للذهاب لعملي في المكتب. وحتى تلك الساعات القليلة المتاحة لي للنوم، قد لا أحظى بها، إذا احتاج أحد أطفالي لأي شيء يتطلب وجودي، أو في حال كان زوجي يريدني لغرض متعته الخاصة.

وبدأت كل تلك اللحظات تتزايد، تخنقني، وتتركني محطمة وكسيرة القلب. كان سلاحي الوحيد للتعامل مع هذا الألم هو البكاء، الدموع التي أذرفها عندما أكون لوحدي، بعيدة عن مجال نظره.

كلما حاولت مواجهته، تتطور الأمور ليصبح كابوساً مخيفاً، ويزداد عنفه وترهيبه لي، حتى اسكت وأتخلى عن أي شيء كنت أريده. أحسست أني محاصرة وممزقة بين خيار أن أتركه، وبين النتيجة الصعبة التي سأواجهها بهذا القرار، من ردة فعله العنيفة وأذيته لي.

بدا لي أن قرار تركه والتخلص منه مستحيل، لأنه سيقودني لأذى وألم أكبر قد يصل إلى حد المخاطرة.

للأسف كانت أسرته على علم بسلوكه السيء المؤذي هذا، وبدلاً من أن يدعموني ويدافعون عني، كانوا يرجونني أن أتحمل، وأن أدعو لله أن يتغير. كان سهلاً عليهم طبعاً، أن يعطوا الحكم والنصائح، ما دامت أيديهم لا تحترق بناره. طلبوا مني الصبر والتحمل، لأنهم يعلمون أنه ليس هناك امرأة تستطيع تحمل ما أمر به معه. كان حكماً منافقاً، بمعايير مزدوجة، مما زاد من عزلتي وألمي وقلة حيلتي.

لخيبة أملي الشديدة، كان زوجي بارعاً في رسم الواجهة الأخلاقية والاحترام له أمام العالم الخارجي، حيث كان يحظى باحترام وتقدير المحيطين به خارج إطار عائلته. لم يكن أحد منهم يعلم بالعذاب والمعاناة التي يسببها لعائلته.

لقد جعلتني واجهته المصطنعة تلك من الاحترام والأخلاقيات معزولة أكثر عن الناس، حيث لم يكن أمامي أحد أستطيع أن ألجأ إليه وأن أكلمه عن معاناتي طلباً للنصيحة والدعم النفسي، فلم يكن أحد ليصدقني بسبب سلوكه المزدوج ذاك.

لم تكن عادته اليومية في شرب الكحول لتأثر على عمله، حيث كان يصحى مبكراً يومياً ويذهب لعمله في الوقت المطلوب، محافظاً تماماً على الوجه الأخلاقي الذي يرسمه للعالم الخارجي والذي يختلف تماماً عما يعاملنا به في المنزل. وكان هذا التناقض الصارخ، بين شخصيته الحقيقية السيئة التي نعيش معها وبين شخصيته الأخلاقية المزيفة بالقناع الذي يجيد رسمه أمام الناس، يشعرني بقلة الحيلة والارتباك، بل وبالخيانة.

واستمر في سلسلة خياناته اللامنتهية، والتي ليس لها حد، وواصل العنف والاعتداء علي بشكل دائم، مما زاد من كرهي له يوماً بعد يوم. لقد كنت أشمئز من وجوده ومن رائحته، ومن كل شيء يتعلق به، وحتى أن كلمة اغتصاب كانت تثير الحزن في قلبي، والشعور بالعطف على ضحاياها، لكني لم أتصور أن أعيش يوماً هذه الحقيقة المرة. لقد كنت أعيش

الاغتصاب والأذى، وأود أن أصرخ بأعلى صوتي، لكن الخوف كان يلجمني ويشلني، ويمنعني من اتخاذ أي إجراء لحماية نفسي.

وأكثر من ذلك، فلقد كان مسيطراً بشكل فظيع، بحيث لم يترك لي أي استقلالية في أي شأن من شؤوني الخاصة، حتى أنه كان يمنعني من الخروج من المنزل دون إذنه. كان كل شيء في حياتي يخضع لأوامره، من شراء أي شيء لنفسي، وحتى بنقودي، لاختيار نوع ولون أي سيارة أريد اقتناءها. كان يأمرني بأي تفصيل من تفاصيل حياتي، ولم تكن لآرائي أو رغباتي، أي أهمية. كان شعاره في الحياة: "إما أن تمشي الأمور كما أريد، أو فلتذهب للجحيم".

هناك حادثة معينة حصلت لي بسببه، وتحضرني الآن، لتثبت مدى سيطرته وتحكمه في كل شؤون حياتي.

ذات يوم أنهيت عملي في المكتب مبكراً، وأردت الذهاب إلى صالون التجميل، فاتصلت به لآخذ إذنه، لأنني لن أستطيع الذهاب لأي مكان دون إذنه، لكنه لم يرد على هاتفه، فاعتقدت أنه يأخذ قيلولته، فقررت الذهاب لصالون التجميل. اتصل بي بعد ساعة، وسألني أين أنا، فقلت له أنني في صالون التجميل، فبدأ يصرخ بصوت عال ويشتمني، ويؤنبني، بأنني كيف أتجرأ على الذهاب لمكان دون إذنه. أخبرته بأنني اتصلت به لأخبره، لكنه لم يرد على مكالمتي، فقال لي: "كيف تتجرئين على ذلك؟ عندما لم يصلك ردي بالموافقة أو الرفض، كان يجب عليك العودة للمنزل". كان صوته عالياً جداً، لدرجة أن جميع من في الصالون بدأوا بالنظر باتجاهي. كان علي الإسراع بالمغادرة، وبدأت بالبكاء بعدها بحرقة: "ما الخطأ الذي ارتكبته في حياتي؟ لماذا يحدث هذا لي؟ أرجوك خذني يا ربي. لم أعد أستطيع التحمل".

بمجرد أن دخلت المنزل، بدأ يصرخ ويشتمني بأفظع الشتائم، أمام أطفالي والخدم، وأقسم بأن ذلك الكلام كان أفظع من توجيهه لشخص غريب في

الشارع. لقد خسرت في ذلك اليوم، الحد الأدنى من الاحترام لي أمام أولادي وأمام الخدم.

كان معتاداً على أخذ قيلولة يومياً، بعد الغداء، وكنت أنا بعد عودتي من عملي مجهدة، ليس لي لحق في أن أرتاح قليلاً، كان واجبي أن أبقى مع الأولاد والخدم، وأن أراعي أن لا يصدر أحد منهم أي صوت مزعج يمكن أن يوقظه من قيلولته. وكان حفظ ذلك الصمت مهم جداً، وإلا فسوف أكون أنا الملامة كالعادة.

مع مرور الأيام، أرهقت روحي من الأذى النفسي والجسدي الذي كان يسببه لي، وتخلل الخوف كل ناحية من نواحي حياتي. كنت أخاف أن أتكلم، أو أن ألجأ لأحد، أو أن أعبر عن مشاعري، أو أن أقوم بأي عمل في حياتي دون إذنه. أصبحت مجرد دمية لا تتحرك دون أوامره. أصبح أطفالي وجميع من في المنزل يعيشون بخوف دائم من غضبه الشديد. تعلموا أن يبتعدوا عن أي تواصل مباشر معه، كما فهموا أن السلطة المطلقة هي بيده، وأن مقاومة أي أمر من أوامره سيزيد الوضع سوءاً.

أصبحت ضعيفة جداً عاطفياً مع مرور الوقت، ولم يكن هناك أحد بجانبي ليساندني، لأنني كنت ممنوعة من مغادرة المنزل بدونه، ومع ذلك كان زملائي في العمل يعتبرونني سعيدة جداً، بما أنني استطعت إخفاء كل معاناتي وجروحي في داخلي، خلف قناع من الرضا والابتسامات.

أصابني المرض، وتعبت كثيراً واحتجت لرعاية طبية مكثفة، فنصحني أهلي بالتخفيف من ضغط الشغل على نفسي، غير مدركين أن سبب عذابي ومرضي موجود داخل المنزل. اخترت أن لا أثقل عليهم بالحقيقة، وقررت إخفاء ما يحدث بداخلي. لقد كان أهلي وأهله على علم بطبيعته العدوانية العنيفة، لكنهم لم يكونوا يتصورون كم كنت أتحمل من أذى ومعاناة معه داخل أسوار منزلنا.

كان أطفالي يعتمدون علي بشكل كامل، فلقد كنت لهم الأم والأب، والمصدر الوحيد للحب والدلال والرعاية، حتى أسرارهم لم يكن يعرفها أحد غيري.

حاولت جهدي إخفاء المشاكل عن أولادي، لكنهم في مرات كثيرة كانوا يشهدون معاملة أبيهم السيئة لي وإنقاصه من قدري. ذات يوم جاءتني ابنتي، وكانت في التاسعة من عمرها في ذلك الوقت وسألتني: " لماذا تتحملين كل هذا يا أمي؟ أنا أكرهه، هو ليس أبي. اطلبي منه الطلاق".

أحسست بالصدمة والحزن، لأن أطفالي قد تأثروا عاطفياً ونفسياً بالمشاكل بيني وبين أبيهم، بسبب ظلمه وأخطائه. ومع ذلك، حاولت أن أخفف عليها بأن قلت: "هذه ليست مشكلة يا حبيبتي، وهذه الأمور غالباً ما تحدث بين الزوجين في العادة، ولكن ردود فعل الناس تكون مختلفة على ذلك. وهذا لا يعني أن أباك لا يحبنا".

صدمني ردها حين قالت: "لو كان هذا هو الزواج، فأنا لا أريد أن أتزوج أبداً".

كيف اشرح لابنتي خفايا الزواج، العلاقة العنيفة، والالتزامات الاجتماعية؟ كيف أحميها من الألم والمعاناة التي طغت على حياتنا؟

ضغطت على نفسي، لأمنع دموعي من التساقط، قائلة لنفسي: "لا يا ميرا لا يجب أن تضعفي، ويجب أن لا تبكي. فقط تجاهلي ما سمعته. اغمضي عينيك وتظاهري أنك لم تسمعي شيئاً. فقط كوني أقوى، لأن أطفالك بحاجة إليك الآن أكثر".

كانت كلمات ابنتي جارحة كالخنجر غرس في روحي، وخلف فيها جروح لا تندمل. أنا لم أرد أن يحصل هذا لأطفالي. لم أنجبهم إلى هذا العالم ليعانوا فيه بسبب خطئي في اختيار شريك حياتي. هذا لا يجب أن يحصل لأي طفل في العالم، فكيف إذا كان يحدث لأطفالي أنا.

برغم كل الغضب الشديد، والكراهية التي كانت تزداد يوماً بعد يوم في داخلي، فإنني أقنعت نفسي بأن أي شيء يحدث لنا، فهو لسبب ما يريده الله لنا. وتمسكت باعتقاد أن هذا هو قدري، واختبار من الله لمعرفة مدى إيماني وتماسكي. بينما بقى سؤال: "لماذا أنا؟" يتردد في داخلي ويعذبني ليل نهار. "هل أستحق ما يحدث لي؟ ألست جيدة بما فيه الكفاية؟ ألست قادرة على التعامل مع الأمر؟ أين أخطأت؟". لكن أجوبة هذه التساؤلات كانت مراوغة ولم ترح قلبي.

في الحقيقة، أنا كنت إنسانة قديرة ومحترمة جداً، وكنت أفضل منه بكثير، لم يكن يستحقني ولا يستحق الزواج بي، بشهادة جميع من حولي، ومن عرفت. لكن لم يقف أحد بجانبي أو يساندني. لم يستطع أحد مواجهته، ولا حتى أن يطلب منه أن يتعامل معي بشكل إنساني، بعيداً عن كوني زوجته وأم أطفاله.

ومضت الحياة بالطريق المستمر المرسوم لها. وكنت أجد العزاء والسلوى في تركيز جهودي على أولادي ومهنتي.

رضيت بقدري وبأنني زوجة رجل لا يحترمني، وازداد كرهي له مع مرور الأيام، لكني بقيت صامتة، وكنت أنفذ أوامره بطاعة كبيرة. كرهت نفسي وضعفي هذا، وكرهت أكثر كيف أن الخوف جعلني أسيرة لديه.

أقسمت لنفسي أنني سوف أترك هذا المخلوق بمجرد أن يكبر أولادي، وبأنني سأستعيد حريتي واستقلالي، وأن أصنع حياة أفضل لنا جميعاً. وأصبح هذا هدفي والضوء الذي ينير في آخر النفق، استسلمت لقدري متحملة كل الألم والمشاكل، ومضيت في هذا الطريق.

كان العالم من حولي يرى فقط قناع السعادة والابتسامة، ولا يعلم بمحيط الألم الذي يوجد تحت ذلك القناع، وبالمعاناة التي أعيشها. واستمر الصراع في الخفاء.

الفصل السادس

عالقة في شبكة الإساءة

أنا إنسانة متعلمة وأعي تماماً ظروفي المحيطة، وحقيقة أنني أعيش في براثن علاقة سامة مؤذية وأنني يجب أتخلص منها، أن أكسر قيودي، وأن احصل على حريتي وأغادر. وبينما قد يظن البعض أن هذا أمر سهل، لكن الحقيقة أنه أمر صعب جداً وشبه مستحيل تنفيذه.

تملك مني الخوف، بحيث أن مجرد أن تخطر فكرة المغادرة في بالي، أحس بأن الهواء قد انسحب تماماً من رئتي، لأنني أعرف تماماً حدة غضبه، وقدرته الكبيرة جداً على الأذى، بحيث لا يستطيع شيء أن يقف في طريقه، فالجراح والأذى النفسي الكبير الذي سببه لي ولروحي، ما زال يؤلمني

بشدة، ومجرد فكرة أنني ممكن أن أثير غضبه، ترعبني وأرتعش من الخوف من رأسي حتى قدمي.

يوماً بعد يوم، بدا بوضوح أنه يسيطر على كل شأن من شؤون حياتي، وأحسست بالجدران التي تحيطني، تضيق علي وتخنقني، وتخنق كل ذرة من الحرية والاستقلال التي كانت تشتعل بداخلي من قبل. وكانت الإهانات اليومية لا تتوقف أبداً وبشكل يومي، ودون أي سبب. ووجدت نفسي عالقة في دائرة جهنمية شريرة تلتهم روحي.

أذكر جيداً رحلة عمل إلى بلد مجاورة، وجدتها فرصة لأنغمس في عملي ومهنتي، ولأهرب ولو بشكل مؤقت من قبضة الواقع الظالم الذي كنت أعيش فيه، والذي كان يخنقني.

مجرد فكرة أن أكون بعيدة عن المنزل ولو لبضعة أيام، أشعلت الأمل في داخلي، وأعطتني إحساساً بالذي يمكن أن تكون عليه الراحة والحرية بعيداً عنه ولو لأيام.

ومع ذلك فإن وهم الحرية سرعان ما تحطم، عندما وجدته يحكم علي قبضته الحديدية على كل خطوة من خطواتي، حتى لو عن بعد. كانت مكالماته لا تتوقف فتغزو أفكاري وأوقاتي، وحتى السلام الداخلي البسيط الذي استطعت الحصول عليه. كنت أرتعب من أي مكالمة يقوم بها وقد لا أستطيع الرد عليها، لأنني كنت أعلم ما الذي سوف ينتظرني عند عودتي إذا حدث ذلك.

أثناء اجتماعات العمل كنت أبقى منقسمة بين مهنتي وعملي الذي يجب أن يأخذ كل تركيزي، وبين واقعي الشخصي، الذي يحطمني ويحطم أحلامي. كان علي أن أوازن بين تلك الأحلام، وبين الغضب الذي ينتظرني منه لو فشلت في السماح له بمراقبتي بشكل دائم، وبالسيطرة على حياتي كما يريد.

كلما كانت عقارب الساعة تدق، كان قلبي يدق معها، وكانت عيني طول الوقت على هاتفي، خوفاً من أن يطلبني، كنت أدعو الله أن يبقى صامتاً، ووقتها أدركت كم أن السلام النفسي الذي أبحث عنه هو مجرد وهم.

كانت اهتزازات كل رنة تلفون قادمة منه، تذكرني بشكل عنيف، بالسلاسل التي تقيدني به، بالقيود الخفية التي كانت تحتجزني في خيوط علاقة مؤذية فاشلة.

في لحظات اليقظة النادرة تلك، كنت أتوق إلى القوة، وإلى أن أكسر قيودي وأن أخرج من تلك الشبكة الخانقة المؤذية التي تقيدني. لكن الخوف الذي يسكن داخلي كان قوة كبيرة، تطفئ أي جذوة من الشجاعة قد تشتعل في داخلي. كنت حبيسة رقصة ملتوية، وأبحث عن المخرج منها بيأس. وفي نفس الوقت كانت همسات الخوف تهمس في أذني، وتذكرني بالنتائج الكارثية التي تنتظرني، فيما لو تجرأت وفكرت في أن أهرب من سيطرة قبضته.

كانت حقائق واقعي الصعب تجثم بثقلها على كل شيء في، وتتحد مع الإرهاق الشديد الذي تمكن مني حتى وصل لعظامي. كل خطوة أخطوها كانت تحتاج لجهد كبير جداً، وحتى أن الخوف من أخذ خطوة إلى المجهول أرعبتني بنفس قدر توقي للخلاص. كنت أتوق بشدة للتحرر منه، لكن جدران سجني كانت تستطيل وتعلو أكثر من اليوم الذي قبله.

في أيام العزلة تلك، وكلما أبحرت في ذلك المحيط غير المألوف لي في بلد غريبة عني، كنت أجد العزاء والسلوي في الهمسات الصامتة لقوتي. إن اشتعال جذوة التماسك في داخلي، كانت تذكرني دوماً بالمرأة التي كنتها قبل زواجي منه، المرأة التي تستحق الحب، والاحترام، والسعادة.

لكن التحرر من السلاسل التي تقيدني يحتاج إلى أكثر من مجرد الوعي بوضعي، فهو يحتاج إلى الإصرار والثبات، وخطة للهرب.

لقد قررت أنني في الوقت الحالي يجب أن استجمع شتات نفسي الحقيقية.

بعد عودتي من رحلة العمل تلك، عاد ثقل ظروفي ليجثم على كتفي مرة أخرى. وأخذت نفساً عميقاً لأبعد نفسي عن العاصفة التي تنتظرني، عاصفة الإهانات، والسيطرة، والتحكم. لكن في أعماقي كانت تتقد شعلة الأمل بقوة أكبر من ذي قبل بكثير، مما أشعل ناراً براقة في داخلي، كانت تهمس لي بأن مستقبلي لن يكون فيه أي خوف يكبلني.

سيكون الطريق أمامي مراوغاً، ودون شك فإن الطريق للحرية سوف يكون مثقلاً بكل أنواع العقبات، لكن في أعماق قلبي، كنت أعرف أنني امتلكت القوة والعزيمة والثبات. ومع مرور كل يوم، كنت أقترب ولو إنشاً من طريقي لاستعادة حياتي، ولقطع خيوط الشبكة المؤذية التي كنت حبيستها. لأخطو نحو نور حريتي.

الفصل السابع

خطوة هشة نحو التحرر

وهكذا بدأت برحلة أخرى في حياتي، وهذه المرة ليست رحلة جسدية، لكن في داخل نفسي، وجدت لحظات من العزاء والسلوى في أوقات الوحدة. الأوقات النادرة التي أقضيها مع نفسي جعلت أفكاري تتجول في مناطق جديدة، أفكر في الكيفية التي سأنهي بها هذه الدائرة من الأذى، وكيف سأستطيع أن أوقفها؟ كيف سأستدعي القوة لأتخلص من الخوف الذي يشلني؟ وهل سأستطيع حقاً أن أقف أمامه وأن أواجهه وأعلن بجرأة هذا الكلام: "لا لم أعد أريدك في حياتي. هذا يكفي".

تواردت بكثرة ملايين وملايين الأفكار إلى عقلي، وجميعها تريد إجابة. استهلكتني تلك الأسئلة الكثيرة وأنا في أعماق تأملاتي. ماذا عن أطفالي؟

ما ذنبهم في كل هذا؟ هل هو عدل أن نفصلهم عن والديهم، وأن نجعلهم يعانون من عدم الاستقرار؟ هل يجب أن أضحي بحقهم الطبيعي في الحياة، من أجل راحتي وسعادتي؟

كان ثقل تلك الأسئلة يضغط علي، مما جعل اتخاذ قراراتي صعب جداً. كان الطريق أمامي غير واضح أبداً. شعرت بأنني ممزقة بين سعادتي وأماني، وبين رفاهية أطفالي. كانت محنة مؤلمة جداً كسرت قلبي، جعلتني أحس بالضياع والفوضى.

سيطر الخوف من المجهول علي، ورمى بظلاله السوداء على لمحة الأمل التي تجرأت بأن تظهر إلى السطح. ما الذي سيحدث لي في المستقبل لو تجرأت على القفز واتخاذ القرار بقطع كل ما يربطني به؟ كيف سأبحر في تعقيدات الحياة كأم عزباء؟

كانت هذه المخاوف لا تهدأ، كأمواج تضرب شاطئ قراري بعنف، مهددة بأن تسحبني إلى أعماق اليأس. ومع ذلك، وأنا في خضم فوضى أفكاري، سطعت بارقة شجاعة في داخلي. كانت تلك البارقة هي من رجتني بأن آخذ خطوات صغيرة وتدريجية باتجاه الحرية. كنت أعلم بأن الطريق نحو التحرر لن يكون ممهداً، ولن يكون خالياً من التحديات الكبيرة. ولكني كنت مصممة على استعادة حياتي، خطوة بخطوة.

مع مرور الأيام، استطعت أن استجمع قواي، لأضع الحدود، مشددة على قيمتي كإنسانة تستحق الاحترام. ذكرت نفسي بأنني لست فقط امرأة ضحية علاقة مؤذية سامة، بل كنت امرأة ذات أحلام وطموحات كبيرة، وذات حق طبيعي في العيش بحياة خالية من الخوف ومن المشاكل.

ولقد دفعني هذا المفهوم الجديد في وجه المستقبل المجهول. بحثت عن الدعم ومشيت خلفه، من كل من يهمهم أمري، ومن يستطيعون أن يؤمنوا لي ملجأ في وجه العاصفة، مثل العائلة والأصدقاء والمختصين، الذي أصبحوا أعمدة القوة التي أتكئ عليها، والتي أعطتني الأمان العاطفي لمساعدتي على اتخاذ

قراري في هذه الرحلة الشائكة. ساعدني إيمانهم الراسخ بي، وبثباتي وعزيمتي، وبحقي في السعادة، على تخطي دروب متاهة المشاعر التي كانت تهدد بالسيطرة علي.

ومع ذلك، فإن الطريق إلى الحرية لم يكن بلا عثرات، فلقد زحفت إلي أحياناً بعض لحظات الضعف، التي أغرتني بأن أعود إلى روتين حياتي اليومية المعتادة في زواجي السام ذاك. وتسلل إلي الخوف من المجهول، ليثنيني عن قراري هذا، لكنني ذكرت نفسي بأن السعادة التي استحقها تستحق أن أقاتل من أجلها، وأن تفكيري برفاهية أطفالي قد يضعف قراري بالهروب من ذلك الزواج المدمر.

وبدأت تدريجياً باستعادة استقلاليتي، والتأكيد على أن لي رأيي الخاص في الأمور. بدأت في أخذ خطوات في اتجاه استقلالي المالي، لكي أكون قادرة على إعالة نفسي وإعالة أطفالي لاحقاً. لم يكن بالقرار السهل، لكن تصميمي على الحصول على مستقبل أفضل لي ولأولادي، ساعدني على النجاح.

استجمعت قواي لكي أمضي في طريقي، لأنني كنت أعلم جيداً كم العقبات الذي ينتظرنني. ستكون هناك المعارك القانونية، والمشاكل العاطفية، والمستقبل غير المعروف الذي ينتظرنني. لكنني تمسكت بفكرة أن سعادتي ورفاهية أطفالي تستحق كل تلك التضحيات والتعب.

لم يكن طريقاً سهلاً، وكان مليئاً بالعقبات والتحديات، ومع ذلك كنت أصبح أقوى مما سبق وأتمسك بحقوقي تلك أكثر وأكثر. وهكذا مع كل خطوة كنت أخطوها، كنت أصبح أقرب للمستقبل الذي يحميني أنا وأطفالي من تلك الحياة السامة التي كنا نعيشها.

كان الطريق للحرية صعباً جداً، لكن إيماني بحقي في الأفضل لي ولأطفالي، أعطاني الشجاعة، والتصميم والثبات، ودفعني للنجاح، لكي أصبح تلك المرأة التي كنت أحلم بها يوماً.

الفصل الثامن

التحرر من القيود

بعد عودتي من رحلتي، كنت مصممة على استعادة زمام الأمور في حياتي، فاتخذت قراراً جريئاً، لن أسمح له بأن يلمسني بعد الآن. واستطعت أن أواجه بصلابة غضبه الشديد وعنفه، وطلبت أن أحصل على الانفصال الجسدي، لأحصل على سلامتي النفسية التي كنت أسعى لها بيأس. لقد كانت لحظة استقواء، شعاع من النور، وسط الظلام الذي استهلكني واستهلك حياتي لوقت طويل.

كنت أعلم أن قيامي بتحديه هكذا لن يمر دون عواقب، لكنني كنت مصممة على المضي في ذلك الطريق مهما وصلت درجة غضبه وعنفه،

وإيذائه لي، فلقد تحملت الكفاية من تلك العلاقة العنيفة المدمرة. لقد حان الوقت لأستعيد استقلالي، وجسدي، وسلامي النفسي.

مع أنه كان انتصاراً صغيراً لكنه كان يحمل الكثير من الأهمية، لأنه مهد الطريق لي للحصول على حريتي.

اشترط علي لكي يمنحني الطلاق، أن لا يعرف أحد بانفصالنا، فلقد كان خائفاً على صورته في المجتمع، ورغم تحفظي على ذلك، وافقت مجبرة لأنها كانت تضحية لابد من القيام بها للحصول على حريتي.

لقد كانت لحظة ذات مذاق صعب، لأن المشاعر المختلطة كانت تغمرني بالإضافة للقلق من المستقبل الذي ينتظرني.

ورغم الصدمة العاطفية التي كنت أعيشها، إلا أنني تماسكت وعشت حياتي بشكل طبيعي، كي أحافظ على سلامة أطفالي. وكان في داخلي فرح كبير لأنني سوف أحصل على الطلاق قريباً جداً. اخترت بأن أحيد المشاعر المتضاربة والمخاوف جانباً، وأن أركز جهودي على القوة والعزيمة الكبيرة التي أوصلتني إلى تلك النقطة.

وجاء اليوم الذي اصطحبته فيه إلى المحكمة. كنت أعرف أنها ستكون محنة صعبة.

وكعادته، بدأ بالتلاعب بالموقف، وإلقاء اللوم علي، وإظهار أنه هو الضحية، لكن قوة كبيرة لمعت في داخلي وأعطتني كل الإصرار والتحدي، لأواجه الموقف بصلابة، ولأصر على أن يمنحني الطلاق الذي كنت أتوق إليه.

وما أن انتهت إجراءات المحكمة، حتى تنفست بعمق وراحة، لقد تغلبت على العوائق والتحديات واستطعت الفوز في المعركة القانونية حتى الآن. لم

أعد مرتبطة به ولم يعد يقيدني، وذلك جعلني أشعر بالراحة لأن ذلك الحمل الثقيل نزل عن كاهلي. ومع ذلك وحتى في لحظة انتصاري تلك، أخذ يذكرني، أنه فعل ذلك ضد رغبته، وأقسم أنه لن يدعني أرتبط برجل آخر.

لم تهمني تهديداته تلك، فلقد كنت مطمئنة أخيراً، لأنني لم أعد مرتبطة به قانونياً، ولم يعد يملك أي حق عندي بعد الآن.

ومع ذلك، فإن الواقع بدا أصعب مما توقعت، فهو كان يصر على أن يتصرف وكأنني لا زلت زوجته، مصراً على أن ألعب الدور الذي أراده هو.

لقد كان تذكيراً لي بأن التحرر من قيود زواج مؤذ، يحتاج إلى أكثر من الإنهاء القانوني له، فهو يحتاج إلى ثبات وإصرار وعزيمة كبيرة لإعادة بناء حياتي. وأخذت قراراً واعياً بإخبار أخواتي وأطفالي فقط بذلك الطلاق، وأمام المجتمع بقيت مرتبطة بزواج لم يعد موجود. لقد كانت واجهة ضرورية لحمايتي من أي أذى وللحفاظ على حالة شبه الاستقرار. كنت أتوق في داخلي إلى اليوم الذي أستطيع أن أعلن فيه للمجتمع أنني انفصلت عنه ولم يعد لي به أي صلة، لأحصل على الحرية التي انتظرتها.

حاولت أن أفهم التناقض الذي عشت به، أن أجبر نفسي أن أكون مع إنسان لا يكن لي أي مشاعر. لقد كان شيئاً يناقض المنطق، ويؤذي صحتي العقلية. لكني قررت أن أتماشى مع هذا القرار، لأجل وهم الحرية الذي اكتسبته حديثاً، وأقنعت نفسي أنه مجرد فصل جديد في حياتي، وعد بانتظار الشفاء والتطور، والوصول للسعادة الحقيقية.

لا شيء مؤكد في الرحلة أمامي، وهي مليئة بالارتياب والأمل. كنت أعرف أن الطريق للتحرر سوف يحتاج أكثر من مجرد الانفصال القانوني، فهو يحتاج إلى مرحلة من الاستشفاء وإعادة الاكتشاف.

وهـا قـد بـدأت مرحلـة جديـدة فـي حياتـي بعـد أن انتهيـت مـن زواجـي السـام، وتمسـكت بفكـرة أننـي قويـة كفايـة لأواجـه أي تحديـات ممكـن أن تحصـل لـي في المستقبل.

كنـت مصممـة على أن أتخلـص مـن كل قيـود الأذى العاطفـي الـذي تعرضـت لـه، وأن اسـتعيد هويتـي، وهـذا كان يتطلـب مـرور الوقـت، وأن أخطـو تدريجيـاً بخطـوات شـجاعة. كنـت أعلـم أن الطريـق لـن يكـون سـهلاً، وأننـي قـد أواجـه عقبـات وصعوبـات أمامـي، لكـن بثقتـي الكبيـرة بنفسـي، وبعزيمتـي ومحبـة أطفالـي، شـققت طريقـي للأمـام، متمسـكة بالأمـل، وبإيمانـي أننـي سـأجد السعادة الحقيقية يوماً ما.

الفصل التاسع

الحب رغم الصعاب

وبينا كنت أحاول التغلب على تعقيدات مرحلة الطلاق، وما خلفه زواج مؤذي لي، حدثت أمور غير متوقعة جعلتني ألتقي بحب حياتي. دخل هذا الرجل إلى حياتي في وقت لم أكن أتوقعه أبداً، مستطيعاً التغلب على عوائق البلد والدين، فهو لم يكن من بلدي، ولا من ديني. ومع ذلك، فلقد كانت علاقتنا مميزة جداً من اللحظة التي التقينا فيها.

بدأت علاقتنا في الخارج وبعد كل لقاء بيننا، كان إحساس غريب بالشوق الغريب يملأ قلبينا، وكانت المسافة الكبيرة بيننا تزيد من اشتعال الحب في قلبينا، وأشعلت الشغف الذي ازداد يوماً بعد يوم.

لـم يكـن قـد تـزوج مـن قبـل، وكان هـذا هـو الوقـت المناسـب لـه ليتـزوج ويسـتقر، لكنني لـم أكـن العـروس المناسـبة لـه، بسـبب قيـودي الاجتماعيـة، وماضي المثقل بالمشاكل.

أريتـه كل جراحـي، وأخبرتـه عـن مشـكلة طلاقـي وشـرط إخفائـه، بعـد أن تعذبـت كثيـراً فـي زواج مـؤذ، وعـن تهديـدات زوجـي السـابق بقتلـي وقتـل مـن يحـاول الارتبـاط بـي بعـد الـطلاق منـه، وعـن مسـتقبلي المجهـول بعـد ذلـك. أخبرتـه بـكل شـيء عنـي، وعـن المـرأة الموجـودة أسـفل كل تلـك الجراح الماضية.

اسـتمع إلـي بتعاطـف وتفهـم، وتقبلنـي بـكل مشـاكلي دون أي قيـد أو شـرط. وتوطدت علاقتنا مع مرور الأيام.

ووجدنـا العـزاء والسـلوى فـي وجودنـا فـي حيـاة كل منـا. بـدأت علاقتنـا عـن بعد، بلحظات جميلة مسروقة من تعقيدات حياتنا العادية التي نعيشها.

كنـت أتمنـى بشـدة أن أكـون عروسـه، إلا أن تعقيـدات ظروفـي كانـت كبيـرة جـداً. وكيـف مـن الممكـن أن أكـون المـرأة التـي يتمنـى، مـع كل تعقيـدات ظروفي، والظروف المحيطة بنا؟

لمـاذا واصلـت العلاقـة معـه مـع أنـي كنـت أعـرف أنهـا مسـتحيلة. لقـد كانـت خلفياتنـا ومعتقداتنـا متضاربـة، وحتـى أن مجـرد الفكـرة بقبـول وجودنـا معـاً مـن قبل عائلاتنا ومجتمعاتنا، كانت ضعيفة جداً.

ديانتـي هـي الإسلام، وهنـاك قيـود كثيـرة تقيدنـي وتمنعنـي مـن الارتبـاط مـع شـخص مـن خـارج دينـي. فهـل يسـتطيع هـو تغييـر ديانتـه ليتزوجنـي؟ وهـل سيسـتطيع إقنـاع أهلـه بالقبـول بـي وأنـا مطلقـة وعنـدي أطفـال، وهـو الـذي لـم يسبق له الزواج؟

كانت المعوقات كثيرة وتحاصرنا، وتحاصر مستقبلنا معاً، فالتهديد بالموت من زوجي السابق فيما لو ارتبطت بأي رجل، ما زال قائماً. رحلتي في الحياة كانت صعبة جداً. لكن رغم كل هذا، بقي حبنا صامداً.

تصارع كل منا مع مشاعره المتناقضة، غير واثقين من الطريق المترامي أمامنا، وإلى أين سيقودنا.

كنا ندرك بوضوح، أن هناك معارك أمامنا يجب أن نحارب فيها، بالإضافة إلى العقبات التي يجب أن نتخطاها معاً لنبني حياتنا.

لكن للحب في أنقى صوره، طريقة خاصة للتغلب على المنطق وتحطيم الحواجز، فهو يجبرنا على الذهاب إلى ما وراء توقعات المجتمع، وسلوك الطريق الصعب. وكلما فكرنا في مستقبلنا، أدركنا أنه لن يكون سهلاً إقناع عائلاتنا بمباركة ارتباطنا، وأنه سيكون علينا الاستعداد للتضحيات والتسويات، والقبول بصعوبة أن نغير تقاليد راسخة لمجتمعاتنا. كنا أمام خيارات صعبة، وأي منها ممكن أي يغير مسار حياتنا.

فكرت كثيراً في إمكانية أن أطلب منه أن يغير ديانته من أجل حبنا. أحسست بأنني أنانية بأن أفرض عليه ذلك.

لكن الحب الحقيقي لا يعرف الحدود، فهو يعلو فوق أسوار الدين والمعايير الثقافية. إنه قوة صلبة، تنير أرواحنا، وتدفعنا للأمام، حتى في وجه المحن. كنا نعلم حجم التحديات التي تنتظرنا، وأننا سنصارع حتى نستطيع أن نحصل على قبول أهلنا ومجتمعنا بعلاقتنا. لكن للحب طريقة معينة في منحنا الشجاعة والجرأة لندافع عنه، شجاعة لم نكن نعلم أننا نمتلكها.

تعاهدنا معاً، على أن نحارب معاً من أجل حبنا، وأن نتغلب على كل العقبات. قد يبدو الطريق للمستقبل أمامنا غير ممهد، لكننا معاً ويداً بيد، سنكون

مسلحين بقوة الحب. كانت رحلتنا شاقة، تحتاج أن نتخلص من التوقعات التي وضعنا المجتمع في حدودها، وكنا مصممين على أن نهزم مثل تلك التوقعات، وأن نشق طريقنا بأنفسنا.

حصلنا على قوتنا من بعضنا البعض، وكان الحب هو بوصلتنا التي ساعدتنا على الإبحار. كن نعلم أن اتحادنا سوف يهزم العاصفة. لم يكن حبنا مرتبطاً بروابط الدين أو المجتمع، لأن الحب يتغلب على كل تلك الروابط ليوحد أرواحنا.

وبينما كنا نستعد لبدء تلك الرحلة، كان الحب هو الذي أعطانا الشجاعة لنتغلب على كل العقبات التي ستواجهنا. وأنه يستطيع التغلب على كل العقبات، وأن يرتفع فوق كل العوائق.

الفصل العاشر

بداية جديدة

كلما تأملت رحلتي للخلاص من براثن زواج سام، إلى أن تحررت ووجدت حبي الحقيقي، يمتلئ قلبي بالشكر والعرفان. لم تكن متاعبي وصراعاتي بلا فائدة، فلقد قادتني في النهاية إلى أن التقي حبي الحقيقي، الذي أصبح رفيق روحي وكل شيء في حياتي.

كنا مصممين على أن نكون سنداً لبعضنا البعض، وأن نتحد معاً في سبيل حبنا، فلقد وجدنا الاكتمال والسلوى لبعضنا البعض في هذه العلاقة. ولن نتخلى عن بعض مهما كانت العقبات كبيرة وصعبة جداً أمامنا. وبرغم العقبات والصعوبات التي كانت أمامه ليستطيع إقناع أهله لمباركة زواجنا،

لكن كان مصمماً وبعزيمة ثابتة على أن نكون معاً مهما حدث، مما أعطاه القوة والصبر ليقنع أهله بهذه الخطوة الصعبة عليهم. وتم الموضوع وحصلنا أخيراً على موافقتهم.

ومع ذلك وبسبب تعقيدات وضعي، كان لا بد أن نبقي زواجنا سراً، وكنت حزينة لأنه يجب علي أن أخفي هذه المرحلة المهمة السعيدة في حياتي، وأن أعيش في خوف دائم من حكم المجتمع علي فيما لو ظهرت تلك العلاقة للعلن. لكننا كنا ندرك جيداً حجم التحديات والصعوبات في علاقتنا، وكنا مستعدين لتحمل تلك التضحيات. كان هناك عدداً محدوداً جداً من الناس يعرفون بعلاقتنا، واخترناهم من الأقرب لنا من حولنا، كوننا مدركين لحجم التعقيدات التي أمامنا.

كان إخفاء زواجنا معركة مستمرة لا تنتهي، بسبب توجهات ونفاق المجتمع والعادات والتقاليد. لكننا وقفنا أما كل ذلك صامدين وواجهناه متحدين معاً بحبنا الكبير وإيماننا به. كنت أحمل لزوجي وحبيبي الكثير من الاحترام والتقدير، لدعمه الدائم لي ولجعلي أحس بالطمأنينة والأمان، في مواجهة كل تلك التحديات، بعزيمة صادقة راسخة. لقد أنار لي أحلك أوقات حياتي ظلمة، ومنحني السعادة، والقوة لنتحمل معاً كل ما من شأنه أن يفرقنا ويبعدنا عن بعضنا البعض.

لم تكن معايير المجتمع ومقاييسه حكم علاقتنا أبداً، فلقد كنا أفضل الأصدقاء لبعض، وكنا نستأمن أسرارنا لبعضنا البعض، وكنا شريكين في كل شأن من نواحي الحياة.

كنا نسعد بصحبة بعضنا البعض، نتشارك أفكارنا، أحلامنا وتطلعاتنا دون خوف من ملامة أو تأنيب. لقد وجدنا الحرية مع بعضنا البعض، حرية أن نتكلم دون خوف أو قلق من أي ملامة أو تأنيب. كان حبنا ملجأً لكلينا، حيث نجد الأمان والسعادة.

لكن كان هناك جزء مفقود في قصة حبنا، وجود ملاك صغير، روح رقيقة بريئة، لتجمعنا معاً في رحلة حياتنا. كنا نتوق لكي نملأ منزلنا بالفرح. كان هذا الطفل هو الذي سيوثق علاقتنا، ويشعرنا بالبهجة والفرح، ويملأ البيت بضحكاته البريئة.

وهكذا قررنا بأننا سوف نأخذ خيار التبني. وكنا ننتظر الأخبار عن هذا الموضوع بفارغ الصبر لأننا كنا متشوقين للأبوة التي ستجمعنا. كان انتظار وصوله لحياتنا يملأ قلبينا بالفرح والسعادة، ونحن مستعدين لاحتضان هذا الطفل والعناية به، وسوف يساعدنا حبنا الكبير بإعطائه كل الرعاية والحب. أصبحت حياتنا الآن رحلة أمل، وليست رحلة خوف ومتاعب كما كانت في البداية.

ها أنا الآن أقف على حافة فصل جديد في حياتي، وممتنة كثيراً لإصراري على المقاومة والخلاص من حياتي السابقة، وهي التي أوصلتني بالنهاية إلى حيث أنا الآن. وهي التي شكلتني وجعلتني المرأة التي أصبحت عليها الآن، قوية، شجاعة، ولا أستسلم في بحثي عن السعادة. أنا ممتنة جداً للحب الذي أزهر في حياتي، وللرجل الذي ساندني في السراء والضراء، وللفرصة التي حصلت عليها لبناء حياة جديدة مليئة بالحب، والصدق، والفرص اللامحدودة.

ما أن خطونا خطواتنا الأولى نحو الأبوة، كنا متأكدين من أن حبنا العظيم سيدلنا على الطريق، لنكون أبوين رائعين. كنت أنتظر القادم الصغير بفارغ الصبر وكان قلبي مليء بالفرح والأمل لأنه سيكون رمز الفرح والبراءة الذي سيوطد من العلاقة بيننا.

أنا ممتنة جداً للدروس التي تعلمتها في حياتي، وللقوة التي اكتسبتها من تجربتي، وللحب الذي أزهر في قلبي وسط كل العواصف. وأنا مستعدة الآن لأحتضن هذا الفصل الجديد من حياتي، بكل قوتي وآمالي، وفرحي بزواجي وبالأبوة التي ننتظرها، لنبدأ حياتنا الجديدة بكل الفرح والأمل.

الفصل الحادي عشر

ملاحقة الفرصة أمامي ... بداية جديدة؟ أم النهاية؟

بينما أنا جالسة هنا، أكتب بصراحة في هذه الصفحات كل ما يعتمل في قلبي، تغمرني مشاعر مختلطة من الخوف، والتحفز، وبصيص من الأمل. هذا هو الفصل الأخير من حكايتي، أو ربما يكون مجرد بداية لفصل جديد لم يروى بعد.

فقط الوقت سوف يظهر ما الذي ينتظرني في القادم.

كان العثور على الحب بعد زواج سام فاشل، نسمة الهواء المنعشة وبسمة الحياة التي أنقذتني وسحبتني من الظلمة. سأكون دوماً ممتنة لأنني قابلت الحب الحقيقي في حياتي، الشخص الذي يحبني ويقبلني كما أنا. لقد اتحدنا معاً لمواجهة العقبات وتوقعات المجتمع، وانتصرنا عليها.

لكن وبينما أخطو في هذا الفصل الجديد في حياتي، تراودني الشكوك، فحبنا ما زال مخفياً، تغطيه وتحوطه السرية، بسبب معايير المجتمع وعوائقه، وأيضاً للحفاظ على حياتنا. إنه ليؤلمني ويحزنني، أنني مجبرة على إخفاء زوجي عن أعين المجتمع والناس، وهو الشخص الأحب لقلبي والذي ملأ حياتي بالسعادة، وأسست معه عائلتنا السعيدة.

فما زالت تطاردني كل أشباح الماضي، من تهديدات زوجي بالقتل، لهمسات الناس عن عدم رضاهم عن زواجي هذا. أعلم جيداً حجم العقبات والتحديات التي أواجهها لكي أحافظ على حبي وزواجي. لكني أرفض أن أدع الخوف يحدد لي اختياراتي.

أجلس مع نفسي في بعض الأحيان وأتساءل؛ أليس من حقي كأي إنسان عادي أن أختار حياتي وأن أعيشها بالطريقة التي تناسبني.

كأم، سوف أبذل قصارى جهدي، لكيلا يحدث كل هذا لأطفالي، لأنه من واجبي أن أرشدهم إلى الطريق الصحيح، وأن أغرس الشجاعة والقوة في قلوبهم وأنفسهم. أريدهم أن يكونوا سعداء مع أي شخص يختارونه بأنفسهم.

أردد لنفسي طوال الوقت، أنني يجب أن أكون قوية ومستعدة عندما يحين الوقت لأواجه الوحش، وسوف أفعل ذلك مهما كلف الأمر.

سأصبح أماً من جديد، وسوف أكون تلك الأم الجيدة التي كنتها طوال الوقت مع أولادي، وسوف أكون الشخص الجيد لجميع أفراد عائلتي،

المهم أن أجعل كل شخص من حولي سعيداً، كما كنت أفعل دوماً. السؤال الأهم الآن هو من سيسعدني؟ من سوف يساندني لأحصل على السعادة التي أبحث عنها؟

أظن أنه لن يفعلها أحد. الناس والمجتمع، كل تلك هي تابوهات تمنعني من الوصول لسعادتي، وأنا أكبر الآن في السن، ولست صغيرة، وكنت طوال حياتي أقدم التضحيات والمواءمات، لذلك فإنني الآن أستحق أن أقضي كل لحظة من حياتي في سعادة.

إنه شيء صعب حقاً أن تكوني امرأة مسلمة، وعربية في نفس الوقت. لن يرحمك أحد، وسوف يكون للجميع الحق في التحكم بحياتك، وللجميع الحق في مضاعفة معاناتك. أما صورة الحياة الحديثة، والتعامل بعقل منفتح، فذلك كله ليس حقيقة، هو مجرد شكل نبديه للعالم الخارجي، فعندما يتعلق الموضوع بالعلاقات، فليس لديك أي خيار: "هذه هي حياتنا".

يسيطر النفاق والتصنع على حياة كل شخص هنا، باسم الدين والمجتمع. ليس هناك وجود لشيء اسمه صدق في قاموسهم، حيث تستطيع فعل كل الأشياء السيئة، بشرط أن تفعل ذلك بسرية. وقتها تكون إنساناً جيداً ومقبولاً من المجتمع. من الناحية الأخرى، أن تكون نفسك، وخصوصاً لو كنت امرأة ذات طموحات، وخيارات، ورغبات، فذلك تابو كبير ممنوع تخطيه. لو كنت من ذلك النوع من النساء فسوف تجلبين العار الذي لا يمحى.

أتساءل دوماً ما الذي سيحدث لي، بمجرد انفضاح سرنا، وأنا مدركة جيداً للعقبات والأحكام الجائرة التي سوف تصدر بحقي. وهناك أيضاً التعنيف الشديد الذي سوف أواجهه، كما يرعبني جداً النتائج التي سوف نواجهها من النبذ الاجتماعي، لرفض العائلة الشديد، واحتمالات أخرى للأذى.

لكن في داخلي ناراً ترفض أن تنطفئ. نار التصميم والصمود والرغبة الشديدة في أن أكون سعيدة. أرفض أن أكون مقيدة بمعايير وتوقعات المجتمع، وأتوق إلى أن أعيش حياتي وفق شروطي، وأن أكون مع الرجل الذي أحببت.

غالباً ما أتساءل عن دور الدين والمجتمع في حياتنا، وهل هي توجد فقط لكي تتحكم بحياتنا، وتحدد كل قرار وخيار في حياتنا؟ أم وجدت لكي تقوينا وتساعدنا على فهم أنفسنا، والوصول للخيارات الصحيحة التي تفيد حياتنا وتسعدنا؟ إنه صراع يعيشه الكثيرين، ولكن تبقى الإجابات على تلك الأسئلة مراوغة.

أعرف جيداً أن الطريق أمامي مليء بالعقبات والتحديات، وأن نتائج اختياراتي سوف تكون شديدة جداً، لكنني لن أضعف ولن أسمح للخوف بأن يشدني للخلف أو يوقفني بعد الآن. سوف أكون قوية في وجه المحن، وإذا اضطررت فسوف أترك بلدي وأسافر، أو ممكن أن أبقى وأواجه كل المخاطر بعزيمة صلبة ثابتة.

بينما أكتب هذه الكلمات الأخيرة، تدور في داخلي عدة مشاعر مختلطة من الخوف والقلق، ولكن يوجد أيضاً هناك بصيص أمل. ربما تكون هذه نهاية حكايتي، وحياتي التي عرفتها ذات يوم، أو قد تكون بداية لفصل جديد مليء بالشجاعة، والحب، والسعادة الحقيقية.

أعرف أنني لست لوحدي في هذا الصراع، فالكثيرات من النساء يضطرن لإخفاء مشاعرهن وخياراتهن، حتى يقبلهن المجتمع. نحن نحمل ثقل الحياة المزدوجة على أكتافنا، ممزقين بين القبول الاجتماعي، ومحاولة إرضاء رغباتنا الخاصة.

أرسـل كل تحياتـي القلبيـة وتضامنـي مـع كل أولئـك الذيـن مشـوا فـي نفـس هـذا الطريـق الـذي مشـيته، وتعذبـوا مثلـي بالمعاييـر المزدوجـة للمجتمـع. إلى كل أولئـك أقـول؛ معـاً نسـتطيع تحـدي الوضـع الراهـن، وأن نعيـد كتابـة الحكايـات التـي سـورتنا بأسـوار العـادات والتقاليـد. سنسـتطيع معـاً أن نبنـي مستقبلاً جدياً مليئاً بالحب والأمل.

هـذه ليسـت النهايـة، بـل بدايـة جديـدة. وهـا أنـا أبـدأ برحلتـي المجهولـة، وأحمل بداخلـي روح امـرأة لا تقهـر، ترفـض أن تصمـت. وسـوف أواصـل نضالـي مـن أجـل الحـب ومـن أجـل الحريـة، ومـن أجـل حقـي فـي أن أعيـش الحيـاة التـي أختارها بنفسي.